JN107282

句集

羽化

工藤　進

Kudoh
Susumu

飯塚書店

句集　羽化／目次

カバー画：イタリア・ファルネーゼ宮殿天井画
題　字：中尾　公彦

句集　羽化

Ⅰ　シャンパン

２００２年～２００９年

朧夜のフレスコ画より櫂の音

てのひらはさみしき渚さくら貝

流氷やごつんごつんと海が哭く

白墨を走らせ春のメニュー替ふ

海といふ地球のうろこ燕来る

春耕の土をほぐして目覚めさす

花筏魂のかけらを曳きゆけり

万愚節新書にひそむ正誤表

海苔粗朶や干潟に百の羽音せり

円蓋は宇宙のかたち復活祭

鯉幟今日のいのちの風もらふ

コッヘルで珈琲沸かす愛鳥日

静かなる噴井の水の鼓動かな

音叉にも似たる羽蟻の発ちにけり

ケルン積む詩の言霊を積むやうに

青葉若葉ヘッドホンより音洩るる

白亜紀の貌もて生まる子かまきり

立像は一木造り青葉木菟

リビングに不夜城のあり熱帯魚

虹立ちて素焼の壺の忘れ傘

桐咲けり父一代の宮大工

螢火の闇にひかりの乱気流

転蛇してスクリューの渦雲の峰
シャンパンの銀河に昇る絹の泡

秋さやか手巻き時計の星座盤

折り曲げて銃となる指天の川

絶唱か挽歌か籠の虫一途

石鹸の平たく減りし厄日かな

火の鳥の火の穂とおもふ赤い羽根

灯を消して鈴虫の夜に加はりぬ

ボジョレーヌーボー木箱に光る金の釘
聖夜待つワインセラーの微動音

喝采のやうに裸木枝をひろぐ
―角川俳句大歳時記掲載―

冬ぬくし勘亭流の文字跳ねて

初夢はワインレッドの色で見よ

初写真ポケットチーフに山ふたつ

敵地の空へ寒晴れのキックオフ

機窓より成層圏の氷面鏡

Ⅱ　帆を張れり

２０１０年～２０１４年

糸切れし凧を北斗に掛けてやろ

水にまだ微熱の残る花筏

兜煮の目玉をつつく三鬼の忌

月光菩薩青き春蚊の生まれけり

瑠璃色の空の真中へ巣箱掛く

人恋へば止まらぬ寅のかざぐるま

―第二回寅さん俳句大賞・大賞受賞（金子兜太特選）―

かたつむり地球の縁を生きてをり

マリーナの五月の風に帆を張れり

ソーダ水液晶の街昏れゆけり

冷房の画廊ゴッホの傷癒えず

桐下駄を鳴らし夜店の客となる

風死して胸の誤作動始まれり

飛び込みの水一枚へ身はナイフ

ＥＰ盤の黒き音色の黴拭ふ

大樹より蟬の降り来る月光葬

生きて知る水の重さや原爆忌

朝寒やカナリヤの灯を窓に吊る

灯火親し膝に開きし星図鑑

月光を掬ひ上げたる観覧車
神の留守仏に還る石のあり

美濃和紙に墨の香散らし葛湯吹く

―くぢら創刊―
討入りの数に足らねどくぢら発つ

ペガサスのたてがみを梳く寒月光

紙漉の蔵王颪が扉をたたく

夜神楽のたぬきも酔ひし竹筒《かっぽ》酒《ざけ》

初景色沖へ一路の水脈あかり

一の午火防稲荷の清め塩

なごり雪蕎麦の薬味の葱にほふ

母郷遠し冬のかもめの鳴く日かな

Ⅲ　羽化

２０１５年～２０１６年

水と供花替へて花びら餅供ふ

沈没船の浮き上がりたる貝《かい》櫓《やぐら》

春遅々と日の斑に弾む雀かな

海が哭く海の骨哭く涅槃西風

釦みなあそばせてゐる春コート

しゆわしゆわと炭酸で割る春ごころ

滝の前ひとは雫となりにけり

珈琲シュガー何をつぶやく梅雨の底

―松山・鹿島吟行三句―

遊船の海を貸し切るくぢら丸

潮騒を渡船曳きたる海五月

瀬戸内は海霧《じり》の器となりにけり
ひよんの笛夜更けに疼く指の傷

破芭蕉いのち脈打つ深空あり

剥製の雉子の眸の透く狩日和

今日といふいのちを紡ぐ竜の玉

暮早しロシアンティーの長き匙

吉良の忌の針を落とせばノイズ立つ

火種の火鎮めて冬至南瓜切る

夢高く血潮噴き上ぐくぢらかな

鷹匠の拳を鷹の地軸とす

さくら東風木目浮き立つ木の校舎

光年の一過さくらの一花かな

料峭の本に木綿のブックカバー
明日といふ光の先へ接木せり

引力が眼に見えてゐる蜃気楼
白雨浴ぶ身の錆剥がれ落つるまで

にんげんを脱ぐ森林浴の産衣着て
ブルートレイン夢路の軋む朝ぐもり

紙魚が喰ふ青き時代の孤独かな

風入れて残像ほどく旅鞄

書庫に遺著増へてゐるなり青葉木菟

枝豆の青き湯気ごともてなさる

白地着てこころの起点どこに置く

両翼に夕日を乗せて飛魚《あご》飛べり

秋蟬のつむれば墓標となる一樹

今朝の秋生絹で磨く銀食器

無花果やピカソの女横たはる

能面の彫りに秋思の深さあり

コスモスのひらひら平和揺らしをり

救命胴衣干してデッキの秋日燦

どちらかと言へば不器用竜の玉

わが枯野いつ発つ長き滑走路

一誌持ち一志つらぬく天狼星

繭みくじ引いて茅の輪をくぐりけり

ぴちぴちといのちの跳ぬる魚籠《びく》の鮎

石灼けて白きマリアの手より蝶

生も死もこの樹と決めて蟬の羽化

蟬声の渦に底なし原爆忌

山の日の鳥語に応ふ鳥語かな

秋暑し砂場に錆ぶる赤シャベル

ふたたびの余震に点す夜長の灯

一房に大気のしづく黒葡萄

鶏頭の種もらひたる子規忌なり

鳩吹いて空にふくらむ帰心かな

巴里からのボジョレーヌーボー一番機
耳立てて星の神話を聴くうさぎ

悴んでファスナーの噛むダウンかな

獺期来て糅し香残る赤ワイン

Ⅳ　くぢらの海

２０１７年〜２０１８年

初句会どこか初心の心地せり

賀の品に夢色えらぶ和三盆

鬼やらひ父は退治へ行つたきり

巻き癖の暦のなじむ二月かな

吉報か絵馬のいななく梅日和

まだ夢の途中のさくらしだれけり

透く傘に雨の透きゆく花しぐれ

—山盧吟行三句—

これがかの川か後山か桃咲けり

朝摘みの芹濃く匂ふ狐川

蛇笏へ歩向けて後山の青き踏む

母の日を鶴ばかり折る母でした

時の日の荷に赤ペンの必着日

青く濃く闇放ちあり螢狩

噴水の奏でし空の透明度

岩清水両手浸せば脈青む

―角川「俳句」俳句手帖掲載―

石灼けて眼も口も剥く青不動

手ほどきのカヌーも櫂も真つ赤なり

光陰の水音絶えぬ爆心地

忌の多き八月に足す非常食

星飛んでがしやりと閉まる電気錠

口笛を吹けば風の譜大花野

ポケットの胡桃の鼓動手に包む

紅玉の熟れてじよんがら高鳴れり

悪餓鬼に似たる鬼柚子もて余す

猟銃の目視で測る射程距離

古書肆の灯またひとつ消ゆ漱石忌

冬あたたか面取り丸き木の玩具

ハンドベルの星の音階聴く師走

裸木の武者立ちの影濃かりけり

ジャケットの肘当ての皮濃く匂ふ

躓けど生きよ燃えよと福寿草

白き炎と青き炎となり滝凍つる

天上へ紅糸つなぐ吊し雛

木戸の鈴鳴らしてゐたる雲雀東風

薔薇芽立つ襟に小鳥のピンバッジ

紙燭はや灯る余寒の神楽坂

木の芽風庭師の指の空鋏

—祝・くぢら合同句集『くぢらの海』刊行—

春はあけぼののくぢらの海の七大陸

惜春の師の魂を訪ふ墓一基

はつ夏の風拾ひゆく介護バス

端午の日骨太に折る兜かな

駅薄暑こゑ透きとほるアナウンス

スコール来そはそはしたる両生類

恋螢闇に表も裏もなし

まだ青き空しか知らず捕虫網

空蟬の瞳にためてゐる星しづく

心棒の芯のぐらつく溽暑かな

晩夏光玻璃の廻廊歩みけり

臨海の砂に減り込む白き靴
ふるさとの山河還せと秋彼岸

灯火親し黄ばみし初版読み返す

ゆく秋の出窓にデコイ飾りけり

―くぢら創刊五周年祝賀会三句―

囃子の音胸にひびかせ秋の宵

祝宴の美酒に潤ふ星月夜

菊の日の一誌に積もる日の匂ひ

ローズマリー効かせ鴨焼く降誕祭

サブちゃんもジュリーもゐたり忘年会

Ⅴ　火の帯

２０１９年～２０２０年

虎落笛わが手に遅延証明書

火へ水へ矢面に立つ年男

門松の縄どれもみな福結び

寄席小屋の入替へなしの松七日

福石に願の水かけ初天神

止り木のなき吾バレンタインの夜

吊されて雛は供養の炎《ほ》となれり

早春の海見て熱きレモネード

樹も石も彫れば仏か涅槃西風

桑解かれ枝より風の生まれけり

―悼・同人会長渡辺佳幸氏―

かくしやくと詩に声のせて鳥雲に

鳴る汽笛遠くに聞いて潮干狩

風生まれ地に花びらの点描画

武具飾り団欒の間の緊まりけり

―悼・大牧　広先生―

気骨の詩遺し逝かれり春の月

バス停にちぐはぐの椅子聖五月

蟻が蟻担ぎ合ふ影濃かりけり

かはほりのはりつく闇の喫水線

老鶯の啼くたび嶺《ね》々《ね》の目覚めゆく
白シャツの風の匂ひとすれ違ふ

駅舎着くたび薫風の乗り降りす

梅雨深し挿して灯の入るルームキー

天水にひと世さすらふかたつむり

時の日や木の家にある木の時間

河鹿笛しづかに森を濡らしけり

梅雨明けて原始の青を取り戻す

生き足らぬ落蟬指にまたすがる

蟬落ちて地の底にある寂光土

八月の身を折り祈る日の多し

墓百基かこむ火の帯曼珠沙華

箱膳の伊万里の鉢に菊膾
ラグビーの魂と血潮とワンチーム

一筆箋にひと声記す柚子は黄に
ボジョレーヌーボー樽の円卓樽の椅子

夜に闇を足せばくれなゐ牡丹焚き

御手に手を添へて時雨の撫で薬師

飴切りの音こだまさせ神迎

核廃絶氷雨に氷雨降りしきる

煤逃げの東京タワーの展望台
スマホより故人を消せぬ去年今年

牡丹焚き炎《ほ》の芯に立つ観世音

ウイルスにワクチンのなき寒の底

―新春俳句大会三句―

初日浴び身に溢れたる恵みかな

輪を組んで「ふるさと」歌ふ初句会

握る手にこころの通ふ千代の春

千代紙の小箱にあられ立子の忌

ノラ帰るノラに灯のあり猫の恋

帰還せぬ客船の浮く海おぼろ

早春の和菓子彩るショーケース

水と水落ち合うて瀬に海芋咲く

お鷹場の水の明るき木の芽時

目薬をさして菜の花蝶と化す

花の塵コインで削るスクラッチ

端午の日蕎麦屋に跳ぬる左馬

汚れなき蝌蚪のいのちの黒光り

鳥つるむ廚に吊らる菓子木型

吊革を摑む手の消え山笑ふ

柿の葉鮨の柿の葉青し風五月

西行の清水汲みたる奈良泊り

弥撒ワイングラス寄せ合ふ聖五月

置き去りの初心捜しの帰省かな

晩秋の甲斐の山河を惜しむなり

あら汁に小骨の混じるそぞろ寒

鰭酒の火を漁り火の炎《ほ》と思ふ

風に乗り風の外へと枯葉舞ふ

風呂吹の旧知のごとき箸の穴

晩鐘の余韻ポインセチアの火炎
キャンドルとナプキンを替へ聖夜餐

寒柝を打つたび闇の青くなる

Ⅵ　銀河

２０２１年〜２０２２年

風と息合はす凧糸手放さず
天神の淑気湧き立つ車夫溜まり

一月の一天に志のゆるみなし

喧嘩独楽負けて気遣ふ独楽の疵

寒波来るコーンスープのマグカップ

赤べこの首をふりふり春隣

一心も不乱も勢ひ寒椿

蔵元の父祖の灯を継ぐ寒造り

蝦夷富士を仰ぐ北窓開きけり

小鳥引く空には空の堰があり

スコッチをぬるま湯で割る余寒かな

蔵カフェの三和土に春を惜しみけり

十年の被爆の海に雁供養

春浅し達磨に目なき日のつづく

カッターの刃を斜め折る西東忌

冴返るラー油のひかる麻婆麺

身の鎖ほどけゆくなり飛花落花

千本の熱量を身に花行脚

若草を踏めば応ふる地の力

リラ冷えや海老の尾はぬる茶碗蒸し

実直に生きよ励めよ緑立つ

葉桜の風を離さぬ樹となれり

生れて消ゆ水の地球よしやぼん玉

レガッタのこゑを一つに青き空

巣箱よりいのちあふるる愛鳥日

潮騒の江ノ電揺られつつ夏へ

出航を待つ白靴と乗船券

惑星へ電波を放つかたつむり

小競り合ふ女神輿の一騎あり

ほつれたる辞書を繕ふ梅雨晴間

二の腕の接種のシール梅雨湿り

蓮の葉に真珠の涙置き去りす

緋目高の藻に群れ易し散り易し

生家なき家路は遠し盆帰省

しろがねの傾ぐ芒に風の形《なり》
虫しぐれ夜の輪郭を拡げをり

窓側の大人いちまい銀河まで

十一面その一面づつに深む秋

七つ石触れて吉呼ぶ菊日和

身代りて石は菩薩にくわりんの実

鬼胡桃彫り師は膝に仏抱き

案山子立つ慈愛に生きし顔ばかり

秋闌けり賑はふフリーマーケット

―高野山吟行五句―

澄む水を掛けて地蔵をかがやかす

金秋の石庭に棲む対の竜

塗香《ずこう》揉み不動を拝み堂の秋

秋冷の曼陀羅にある血の匂ひ

眩しかり伽藍の浄土まで紅葉

魅せらるる墨と菊の香墨書展

大根の辛さからませ二八蕎麦

生牡蠣の朦朧体を啜りけり

冴ゆる夜の一筆に押す火の落款

義士の日の傷を隠さず話しけり

裸木の脈打つ芯を支へとす

鳥獣のひそかな寝息枯野原

お薬師の御手より清む煤払

心ゆくまでこころを詠めと千代の春

一筆の筆太にある淑気かな

一塊の光源となる白鳥湖

粥に菜をきざむ庖丁始めかな

煮穴子に刷毛でタレ塗る松納

垂直に水眠りたる軒氷柱

寒の水ふふみ一本筋通す

剪定の空をちくちくさせてをり

おなじ轍踏まぬやうにと黄たんぽぽ

水の譜の楽となりゆく春の川

朧濃し学生街に古書肆の灯
もののの芽のいのちを宿し膨らめり

植木市鉢の数だけ空がある

遺骨無き人なほ探す桜東風

万基眠る墓域を灯す花万朶

勤行の唱和聞き入る朝ざくら

花御堂花も法衣も色尽し
木々芽吹く古木・若木の隔てなく

戦塵も混じりてゐたる霾ぐもり

枇杷の皮剥くダーウィンの種の起源

朝弥撒の聖歌のしらべ五月来る

句集『羽化』に寄せて

中尾　公彦

工藤　進氏の第二句集『羽化』が刊行される。氏の第一句集『ロザリオ祭』から凡そ八年経過し、二〇〇二年度の俳句を始めた初期の作品を含む三二八句が収録されている。氏は二つの結社で俳句を研磨し「心に響く言葉で　心に届く俳句を」を理念に、二〇一四年十一月一日に結社「くぢら」を創刊した同志であり、創刊編集長を努め、現在結社の副主宰を兼務している。私は氏と俳句を同時期に歩み、詠み進む程に懐かしい吟行作品も多く感慨深さもひとしおである。先師能村登四郎の俳句精神を継承し、氏の感性と個性の生かされた軌跡の作品を選句させていただき、氏の人物像を掘り下げて作品を堪能してみたいと思う。

シャンパンの銀河に昇る絹の泡

句集のⅠ章に収められたタイトル句である。氏はワイン好きが講じ、二十五年以上前にワインのソムリエの資格を取得。同時期にチーズマスターの資格も併せ持ち、ワインの中でもとりわけシャンパンに傾注し、日本シャンパーニュ委員会主催のセミナーを受講しデイプロマを授与された持ち主である。第一句集『ロザリオ祭』にはワインの句が多数網羅されている。掲句は当時、甲州市の勝沼ぶどう郷で主催された「葡萄の丘俳句大会」での受賞作品である。

シャンパンはシャンパーニュが正式名称で葡萄品種、生産地域、瓶内二次発酵、熟成年数などの厳しい条件を満たしたものだけが得られる称号である。氏がシャンパンに魅せられ、フランスの各地の名門シャンパンメゾンを周遊した経験ゆえの成果でもあろうか。シャンパンの命は発泡の粒子の繊細さとその持続性にある。グラスに泡立ち耀く金色の粒子がグラスを越えて星たちの銀河まで昇ると言う無限の想像力とロマンを感じさせ、時空を越えた宇宙的規模と卓抜な見立てに驚かされた。（朧夜のフレスコ画より櫂の音）（ボジョレーヌーボー木箱に光る金の釘）（聖夜待つワインセラーの微動音）（初夢はワインレッドの色で見よ）にも氏のワイン通の特徴がある句群である。

マリーナの五月の風に帆を張れり

Ⅱ章の「帆を張れり」では、氏の海外コンダクター時代の経験が生かされた句と言う。神奈川県の葉山マリーナで主催された世界ヨット選手権のアシストの経験を礎に詠まれた。世界のヨットマン達と寝食を共にした交流は入国から帰国まで続き、氏に自然と対峙した競技の難しさと包括的な世界感が生まれた契機とも成ったと言う。中七に五月の風と置く事で五月がより鮮烈で強調され象徴的であり、開放感が伝わる。マリーナと五月の風と帆の取り合わせに充分な滋味と清々しさ、感覚が洒落ている。

生も死もこの樹と決めて蟬の羽化

Ⅲ章の句でタイトル句でもある。くぢら創刊後の作品で、氏の力強い息遣いや覚悟が感じられる。俳句指導、周年行事、吟行計画等々多岐に亘る結社運営と氏の詩の飛翔に多忙な片鱗も窺える。その過程での本質に肉迫する様な自己意識の改革も見られる。(夢高く血潮噴き上ぐくぢらかな)の高揚感、(鷹匠の拳を鷹の地軸とす)の透徹した心意気、(白雨浴ぶ身の錆剥がれ落つるまで)の自戒と自愛、(一誌持ち一志つらぬく天狼星)の情熱とエネルギー、（白地着てこころの起点どこに置く）の精気と心情の揺れ等の葛藤も見える。

春はあけぼのくぢらの海の七大陸

Ⅳ章の句で創刊五周年を迎え、記念祝賀会も盛会となり俳壇での交流の幅も奥行きも増した頃であろうか。合同句集の刊行やくぢら誌の百号を迎えるなど少しづつ内部の基盤を固めて来た頃であろう。会員の個性を尊重した添削や助言、会員の増強と企画や行事の誌面の充実など、くぢらの泳ぐ七大陸は無限に広くて果てが無い。潮流を見据え、未知なる世界への果敢な挑戦と裾野の広い俳句の創作の意気込みすら感じる。春はあけぼのの季語の持つ希望と未来が象徴されている。（囃子の音胸にひびかせ秋の宵）（祝宴の美酒に潤ふ星月夜）（菊の日の一誌に積もる日の匂ひ）など。

墓百基かこむ火の帯曼珠沙華

Ｖ章の句でくぢら静岡支部指導へ行く道中の吟行句である。袋井駅をしばらく走ると田園地区が拡がり季節の曼珠沙華を詠んだ句。墓百基をかこむ曼珠沙華を火の帯と着眼した写実の眼が効いている。吟行の嘱目句は瞬間の景色を切り取る訓練が問われる。日常吟と違い一瞬で過ぎ去る季節の景色や触れ合いを五感を通じて身に貯える事で身に付いてゆく。即物具象を端的に把握するには日頃の吟行の場数を踏むことや短時間の集中力の訓練、類想類句からの脱却にも通じる。現場での五感（視覚・聴覚・臭覚・味覚・触覚）を総動員させることが肝要である。（梅雨深し挿して灯の入るルームキー）（牡丹焚き炎の芯に立つ観世音）など。同時に（かくしやくと詩に声のせて鳥雲に）の同人会長の死や（気骨の死遺し逝かれり春の月）の大牧広先生との別れもあった。

窓際の大人いちまい銀河まで

Ⅵ章の収めの句で自由な詩の飛翔と心の漂泊に似た遊離感覚が感じられる。韻文の中の少ない口語調の句が却って詩情を生む妙味豊かな作品。宮沢賢治の天空の銀河鉄道の夜に思いを馳せた星座巡りの幻想物語を想起させる。原作の主人公は少年だが、詩の世界は大人も子供もなく、自由に心の旅を楽しんでも面白い。（案山子立つ慈愛に生きし顔ばかり）（枇杷の皮剥くダーウィンの種の起源）など氏の今後の枠に捕らわれず、（心ゆくまでころを詠めと千代の春）の精神で今後も益々の詩の飛翔を期待したい。

氏は今、一人の俳句作家として、また後進の育成の指導者の立場を両立し多忙を極めているが、持ち前の明るさと情熱の灯を絶やさず皆に注ぎ続け、共に時代にくぢらの存在を刻み続けて欲しいと心から願っております。第二句集の刊行を心よりお祝い申し上げる。

二〇二二年五月の風に吹かれて

中尾　公彦

あとがき

本書は第一句集『ロザリオ祭』に続く私の第二句集です。『ロザリオ祭』刊行以前の句とくぢら俳句会創刊後の三二八句を収めました。未曽有の天変地異、東日本大震災から今年は十一年が経過し今なおその爪痕が深い。また三年前よりコロナ感染症のパンデミックに世界中が苛まされている。この様な困難な状況に出会う度、命とは、生きるとは、戦争とは、俳句とは、日々考えさせられました。そして改めてこの震災や疫病に負けず屈せず、俳句の存在意義を痛感しました。句集を編むのに纏めた句群は色褪せて見える事も多々ありましたが、その時代を己なりに懸命に生きた証と納得しています。また、来年はくぢら創刊十周年を迎えたり、句歴が二十年に当たる節目を区切りに句集を上梓するに至りました。

この句集を上梓するにあたり、くぢら俳句会主宰中尾公彦氏よりご多用の中、過分な跋文をはじめ、選句、句集名、装幀の助言等、沢山の労とご尽力を賜り衷心より感謝申し上げます。また句友の皆様、くぢらの皆様にも深く感謝申し上げます。

二〇二二年　青葉若葉を眩しむころ

工藤　進

工藤　進（くどう・すすむ）

1953年7月28日　北海道室蘭市生まれ
2002年　「沖」入会
2006年　第34回「沖」新人賞受賞、「沖」同人
2008年　「沖」退会・「河」入会
2010年　「河」新人賞、「河」同人
　　　　角川学芸出版「第2回寅さん俳句大賞」大賞受賞
2011年　「河」河賞受賞
2013年　第11回「河」銀河賞受賞・無鑑査同人
　　　　創立30周年東京都区現代俳句協会賞佳作受賞
2014年　第一句集『ロザリオ祭』上梓
　　　　「くぢら俳句会」創刊編集長
現　在　「くぢら俳句会」副主宰
　　　　俳人協会会員　日本文藝家協会会員

現住所　〒162-0045 東京都新宿区馬場下町9-502

句集　羽化　くぢら叢書第五篇

二〇二二年七月二十八日　初版第一刷発行

著　者　工藤　進
装　幀　山家　由希
発行者　飯塚　行男
発行所　株式会社　飯塚書店
http://izbooks.co.jp
〒一一二-〇〇〇二
東京都文京区小石川五-一六-四
☎ 〇三（三八一五）三八〇五
FAX 〇三（三八一五）三八一〇

印刷・製本　日本ハイコム株式会社
© Kudoh Susumu 2022　Printed in Japan
ISBN978-4-7522-5017-3